椿雨

長谷川径子

目次

あ

うん

椿雨

あ

眠たい雨

無花果の乳したたらせ捥《も》ぎし秋あのころは鳥と話ができた

無花果を鳥とわけあい食みし日よ梢に啼きし画眉鳥の群れ

心臓は無花果くらい否、林檎ほどの重さか果実を選ぶ

おしゃれでもシンプルでもない日の終わりスーパーに購《あがな》うラ・フランス

ラ・フランス食みつつおもう歪つなるものへ惹かれゆくその理由《わけ》を

無花果の置かれた夜のテーブルの沈黙ふかし祈りのごとし

ながれ来る藁焼くけむり花すすき風が象《かたち》を見せて過ぎゆく

もみがらの焼ける匂いにつつまれる夕暮れせまる秋の畔道

立ちのぼる煙が空にとけてゆく思想家の貌《かお》した犬が来る

キーボードぽつりぽつりと打つ音に似て眠たげな秋の雨降り

雨ふらし旅行社の旅の行き先は秋雨時雨のち虹の橋

雨降りの公衆電話ボックスに聴こえる雨のつぶやき「あいたい」

カヴァー帯背表紙しおりあそび紙歌集をひらく秋のひととき

月に触れる

背後から微笑みかける気配あり卓上に居る大きな梨が

梨を剥くざらつく皮の手触りが感情線をすこしゆさぶる

梨剥けば窓にひたひた満ちてくる月の光はしろきさざなみ

水の音たてて梨食む月光は糸雨《いとあめ》のごと屋根をぬらせり

玉響《たまゆら》の二十世紀の梨重し月がしずかに上りてゆきぬ

天心を涼しき月がのぼりけりサラダにヴァージンオイルを垂らす

なにもない畳の部屋を月光が狐のごとく過ぎてゆきたり

今さっと鏡の中を横切った影はアリスのうさぎだったか

黄玉《トパーズ》の月のひかりのふりそそぐ町は遺跡のごとく眠りぬ

御影石に冷たい満月映りおり小さな月に手を触れてみる

つきかげの零れる街をスマホもち竹取姫が通り過ぎたり

無垢なる言葉

良く晴れた日に張りかえる古障子和紙を透かした秋の陽甘し

藤袴今年もわっと花咲かす遠くきこえるオルガンの息

藤袴咲けば待ちおり長旅の海越えてくるあさぎまだらを

風に乗り海山越えてわが庭の藤袴へとあさぎまだらは

ぎんなんを見つけ拾ってしまいけり縄文人の手のあらわれて

どんぐりを拾いぎんなん拾う手は太古の秋を覚えていたり

ぎんなんのからをたたいてとりだしぬ秋の木の実の無垢なる言葉

ぎんなんの翡翠の玉の透きとおるゆっくり生きてゆけばいいんだ

猫じゃらし振ってみたって子供にはもどれないけどふりつつ歩く

野原にも盛衰はあり堂々の背高泡立草がいない

風の野はさびしいものの戦《そよ》ぐ場所月を見上げる大待宵草

早朝の河原に遊ぶごんぎつね見たとう噂《うわさ》町内をはしる

枯れ草の庄内川に棲むきつね見たい会いたい堤防に立つ

草叢に芒が大きくゆれながら風に抗う枯れゆくまでを

書きかけの小説、上の句だけの歌、模糊模糊の雲、何か足りない
枯れ葦と芥に鴨が群れている岸辺にたたずむ鴨か私も

むかしむかし

秋風のはこびし紅葉が賑やかな来客のごと戸口へ積もる

小春日の窓辺にすわり本を読む廊下伝いに菊の匂えり

あれこれと悩む自分も鍋にいれ大根人参里芋煮込む

ぐたぐたと鍋の具材の煮える音カミングアウトするなら今か

浴槽に泡をはきだす入浴剤はっきりいやと言えばよかった

夕暮れの道に失くした古い櫛淋しい人が拾ってゆけり

櫛だけは拾っちゃならぬ言い伝え拾った者はいなくなるとう

さびしさの極みの歌よ夕暮れに櫛を拾えり永井陽子は

子の部屋の机の上の砂時計ひっくりかえせば時還りくる

抽斗の子の詰襟の金釦撫でてみつめてまたしまいおく

屋根裏の段ボール箱のリカちゃんはいつまでたっても大人にならず

断捨離の決意もろくも崩れそうふわり漂う金木犀が

回想が鳩の貌《かお》してやってくる広場の椅子に枯葉と座る

どんぐりひとつどんぐりふたつ鳩尾《みぞおち》にむかしむかしの秋が転がる

ふりかえるほどの昔があるのかと落葉が乾いた音たて嗤う

あるときは距離をおきたる人なるも過ぎし時間がほどくわだかまり

しろがねの芒の花穂を撫でながら風が野原を吹き過ぎてゆく

銀髪の祖母にも似たるなつかしさ風になびけり枯れゆくものら

七宝のむらさきの花のブローチは昭和の母の胸を飾りき

ささくれにメンソレータムぬりながらふいに泣きたき夜が更けてゆく

鼻孔つくメンソレータム塗りくれしあたたかき手のいまははるけき

道風

道風祭。道風公生誕地、春日井市小野の里。

さわさわと古代の風が吹きぬける公孫樹散りしく道風公園

神官が祝詞をあげて奉る小野道風公を今に讃えて

千年を経て残りいる巻紙の墨書の文字の今もくきやか

道風記念館所蔵「伝通切《とおしぎれ》」

姫君におくりし歌か濃くうすく藤原佐理のかな文字はしる

柳の下石のかえるは手をのばし傘をさしたる道風公は

岩塩

早起きの夫のつくる味噌汁は具だくさん汁食べる味噌汁

塩分の控えめなれど味噌汁の椀の一杯湯気もごちそう

たっぷりと白菜にふる赤穂塩ゆうぐれどきの一瞬の燦

岩塩がオリーヴオイルに溶けてゆくそんな怒りの消し方がある

平和ツアーのみやげにもらう湧出《わじ》の塩皿にこぼれる沖縄の海

ワイシャツの袖をまくって草を刈るあなたを塩のように愛した

食卓にざらつく塩のこぼれおり夜更け遅くに食事せし子の

かつてモーレッツ社員ありいまどきはブラックでない企業少なしと

ひたひたと月の光の満ちてきて部屋は塩湖のごとき鎮もり

ながれる

蛇行して流れる河の葦原に狸国あり狸が生きる

緑なす葦の岸辺をひょこひょこと太った狸が横切ってゆく

我を呼ぶとぎれとぎれの声のあり濁った河を渉ってゆけと

命なきものの軽さに回りつつペットボトルが川をながれる

好きなものプラスチックのぺらぺらのペットボトルのこの反射光

しばらくを岸にためらいいいし木の葉やがて加速度つけて去りたり

やぶからし日ごとに蔓をのばしゆく継ぐもののなき生産緑地

あおあおと貧乏かずらの野はつづきぽつんと掃溜菊《はきだめぎく》のいちりん

それならばひとりで行けと馬がいう掃溜菊の野を越えてゆく

書きかけのままの手紙が残されて廃炉は遠し人住めぬ村

老朽化せし原子炉の建ちならぶ岬に実る柿の実たわわ

シクラメン

そうでしょう（か）のひとことをかかえこみ遠回りしてケーキ屋へ寄る

あたたかい紅茶とあまいアップルパイ胸につかえた（か）を飲みこみぬ

縞馬がスタスタ後を追ってくる夕暮れ長く影曳く道を

人疲れ街疲れして帰る道引き寄せられて花屋へ入りぬ

とりどりの色に咲きいるシクラメンまよいつつ買う赤き花鉢

まよったら赤を選べと声がするいつか誰かに言われた言葉

シクラメン抱えて歩く猫ほどの重さを腕がよろこんでいる

ソロモンの王冠飾るシクラメン含羞ふかくうつむく蕾

風つよき街を戻りぬシクラメン買いたることに充たされており

冬生まれの我の窓辺を暖める赤シクラメンあかずながめる

ルラルラルラ

背をそらし足を蹴り上げ絶叫す生後ふた月赤子は勁《つよ》し

抱けと泣き歩けと泣いて寝かせろと大泣きをする乳児の重し

アイリッシュハープ奏でるルラルラルアイルランドの子守歌ルラ

泣き声も日々進化する赤ん坊日本語らしきあああえうおお

しぐれからみぞれにかわる夕間暮れ心の空に雪雪雪

ぐずる空黄昏泣きする赤ちゃんを抱いて部屋中ぐるぐる歩く

腕の中眠った赤子を寝かせれば背中にスイッチまた泣きだした

抱きあげて初めて雪をみせる朝この子の世界は白いカンバス

さざんかの花に雪ふるさざんかはあかい花だよ雪は白いよ

にぎにぎがうれしい赤子おしゃぶりを握っては落とす何度もひろう

てのひらにのせる小さなスニーカー誰かのための買物たのし

おすわりはとっても上手ストローのお水も飲めるもうじき這いはい

くまちゃんをめざしずり這いみどりごは絵本のはらぺこあおむしさん

這いはいは四輪駆動ごそごそと玩具ちらかすごみ箱あさる

ばいばいと手をふれば手をふり返す新葉《わかば》のようなみどりごの指

ずり這いが高這いになりつかまり立ちもうすぐ二足歩行の人類

あっというまに一歳の誕生日みどりのゴーヤはぐんぐん育つ

一歳の子は怪獣の子供なりスイッチいれるコンセント抜く

桃売り

桃売りを見かけて道をひきかえす桃の力に呼ばれたるまま

うら若き桃売りすこし微笑みて子猫のように桃をならべる

桃買えば他には何も持てなくて桃を抱えてそろそろ歩く

食卓に置かれた夜の白桃が母性のごとくほのかに灯る

卓上の桃にさしこむ朝の陽がしろきひかりをまあるく返す

帰りたい桃の花咲くとおき村白頭鳥《ひよどり》群れて塒《ねぐら》へむかう

白文鳥

あまき実をゆらゆらつける一本の茱萸《ぐみ》の木はあり前頭葉前野

実のかたち実の手触りのありありと店に並ばぬ茱萸の味を恋う

いまは無き茱萸の花咲く祖母の家時がすぎたり風吹くばかり

親切な鳥が運んできてくれたむらさきしきぶの玉の実たわわ

大鴉四、五羽が空に鳴き交わす早くお帰り柘榴が爆ぜる

からっぽの鳥籠吊るす軒下にきこえる風のほそきなきごえ

秋の雨ひたりひたりと降る夜は胸の巣箱に飼う白文鳥

混み合えるポンペイ展に出会いけり壁画の中の横向きの鳥

三岸節子記念美術館

なにゆえに塗り重ねしか「僧院」の油絵具の厚きかたまり

ゆっくりと書店の棚をめぐりおり獲物を探す鷺かも我は

空色のインコが歩道をあるきおり世界は大きな鳥かごなれど

てのひらに白文鳥を載せるがにきらめく朝のひかりをうける

地蔵川のせせらぎに佇ちつくしいる白鷺と我　橋を隔てる

赤い実をつける大きな糯《もち》の木は村の小鳥の集会所なり

眼に見えぬ硝子の檻をこえてゆけ小さき鳥の姿になって

青インク

あき缶が好きあき箱が好きあき瓶にクロッカス挿すあわきむらさき

青インクの水性ペンのやわらかき文字つづられる春のお便り

ひったりとロゼットの葉を土にはりたんぽぽは春を待ちまちている

キアゲハの幼虫這いて地をすすむさながら五体投地のごとく

危ないよ車が来るよ幼虫は右に左にのろのろすすむ

わが庭の柚子の木生まれのキアゲハか無事に育って帰っておいで

行列のできるたこ焼き待つ時間あ、みつけた四つ葉のクローバー

楤《たら》の芽の天ぷらほろろ筍のさしみの甘し炊き立てごはん

婚家また実家いずれも墓守りの役目こなして墓前に通う

野に摘みし矢車草を手向けたり未《いま》だありがとうを言わざるまま

寝る前に薬缶の水を汲みおきぬ母の慣いを我もつづける

眠るとき記す十年日記なり春はあけぼの夏はさらなり

忘れねば

できるだけこまかく薄く削りゆく忘れるための人参しりしり

ごめんねとありがとうの入り混じる短いてがみ時かけて読む

二日かかり人の名前を思い出しとてもおいしい今朝の珈琲

しんせつに語りかけくる電子音お湯をはります栓はしましたか

電子音の鳥を呼び出す熱帯夜チョットコイチョットコイと鳥がなく

緩急のなき旋律のくりかえしジムノペディは心音に似る

残りあと一枚となるボックスティッシュ最後の朝がそのように来る

忘れたいことの数々忘れねば　ある日突然彼岸花ばかり

一村を祭りのごとく染めあげるこの世に生きて会う彼岸花

赤裸々な曼殊沙華咲くまひるまをたましい呼ぶか鴉の声が

めらめらと岸辺を染める彼岸花電車が夕陽を横切ってゆく

つかの間を畦道燃やす彼岸花日暮れて誰もいなくなりたり

富有柿並ぶ無人の直売所しずかな秋の陽を溜めており

渋柿を剥きて吊るしし山の村秋の日差しがとろとろ届く

たいくつを背負って発った旅リュック帰りはずっしり秋映え林檎

冬の日のながく差しこむ食卓に置かれたりんごが描く静物画

椿雨

あたたかき椿雨ふるこんな日は他人を許し自分も赦す

咲き足りて白玉椿地に転ぶしずかな雨に腐れゆくまで

信号に止められて見る重たげな花だね八重の黒紅椿

区切りなき空をゆるりと飛ぶ鴉我は信号に足止めされる

電線に止まりて町を見下ろせる嘴太からす何が見えるか

消えかけたゼブラゾーンの白線を吊り橋のごとそろそろ渉る

乳母車に五人乗せ紐に七人つながって保育園児は散歩の途中

公園のいちばん明るき樹の下に集う赤子も猫も眠たい

日当たりの温き居場所を選びいて騎士《ナイト》の貌《かお》の虎猫侍る

公園の片隅の電話ボックスがどこでもドアのようにほほえむ

菜の花は黄砂にまみれ蜜蜂は花粉にまみれけだるき真昼

気に入りの喫茶店いつしか消えている椿は黙ってただ咲いている

百年の椿に応え千年のさくらが万の花をひらきぬ

若き日の化石のような香水瓶ディスコで踊ったバブルのころは

薔薇よりも椿を好むココ・シャネル薔薇は香りが強すぎるから

我のため咲くさくらとは思わぬもいまこの肩にはなびらは降る

遠き日の教室の窓に咲きさかるさくらはひかり鳥《とり》の子紙《こがみ》の色

ひび割れた瀬戸の急須の捨てがたく矢車草の青を飾りぬ

いちめんの菜の花色に飽きるころいちはつ白く高く咲きたり

金雀枝《えにしだ》に朝のひかりのふりそそぎ印象派めくふるき町並み

木立のポーズ

背をまるめ膝をかかえて深呼吸ヨガ教室に胎児のポーズ

年のせいにしてはいけない筋力を鍛えましょうと木立の姿勢

樟の木をおもい片足立ちをする何にも凭《もた》れず立つこと清し

よこたわり屍《しかばね》のポーズとる床に冬のひかりがながく差し込む

ひじついて前を見つめて胸をそる五千年間スフィンクスは

瞑想ししずかに呼吸ととのえる貝の化石は湖底にねむる

うん

韻を踏む

あさがおが藍のパラソルひらきおりたたんだ傘は明日のつぼみ

寝苦しき夜は思い出数えゆく青蚊帳ほたる蚊取線香

小夜更けて裏の小川のせせらぎに無邪気に追いし昭和の蛍

ひたすらに闇を灯して飛び交える余命七日の蛍のひかり

青蚊帳の四角いとばりに囲まれて眠りし遠き夏の記憶は

渦巻の蚊取り線香燃えつきて牛乳瓶の音に目覚めし

あけてまた折り畳みたる三面鏡とある日の母の影を映しぬ

うしろ手にお太鼓結ぶ若き母おぼろげな薄青きあさがお

大輪のひまわり背丈を追い越してやけどしそうな炎天のサドル

ダリアへと続く乾いた道曲がり夏の形状記憶をたどる

人影のなき白昼の高架下時計草咲く日はまだ高し

フランスの田舎料理のレストラン廃店跡地にひるがお白し

藪萱草《やぶかんぞう》ひと日を咲いてしぼみゆく夕暮れどきはひかりが匂う

意味のないときを過ごしていたい日は部屋にこもりてひかりに背く

夏の日の証拠のようにブラウスの胸に残れり百合の花粉が

ねぎらいの言葉をかけて捨てる本活字の溜息かすか聴こえた

ヴェランダのプランターにはラヴェンダーさみしかったら韻踏んでみる

藍の花うす紅の花あさがおの種採りをして夏を仕舞えり

居間は静かだ

サスペンスドラマの途中地震あり災害報道画面大揺れ

被災者にインタビューするキャスターの快活な声長きつけまつげ

健康と平和な暮らしあることを感謝いたします今のところは

４Ｋのテレビ画面に映されるテロの映像　居間は静かだ

感覚の敏くなりたるこの朝《あした》鏡の汚れをひたすら拭う

心電図怪しき波をえがきおり洞性徐脈《どうせいじょみゃく》ときどき休む

スロースロースロークイック心臓は三段脈のワルツを踊る

指を切るナイフのような紙チラシやさしい人のひと言が痛い

乗鞍岳

マイカーを規制せし乗鞍スカイライン立ち枯れし木も今はみどりに

今朝一頭熊がでました売店の伝言板に注意書きあり

乗鞍は熊の領分しばらくをお花畑に熊として遊ぶ

あちこちに黄色の深山きんばいが群れて咲きおり空気が薄い

碧深き水をたたえる湖に小さき魚の泳ぐ影あり

不機嫌な鳥

新型のコロナウイルス対策の外出自粛　コンサートもヨガも
在庫なしマスクもトイレットペーパーも石油ショックが脳裏をよぎる

ウイルスをともない春は来たりけりこんなところに紫木蓮咲く

風吹けば肩へ降りくるはなふぶき飛散見えないウイルス怖し

てんてんと土に落ちゆく黒椿カレンダーの予定すべて×となり

不機嫌な鳥の鳴く声キキキキキ街に緊急事態宣言

迷いなく桜あんぱんえらびおりさくらの町のパン屋明るし

祈りとも畏れともつかぬ感情を持ち花を見るコロナ蔓延

たそがれに検索窓をたちあげる感染者数増えゆくばかり

観戦とうてば感染の文字のでるメールの学習機能さびしむ

あお鷺の先客のいるあおなみの藤前干潟にひき汐を待つ

赤き羽根ひろげて架かるトリトンを背景として水鳥群れる

自粛する日々の窓辺の硝子器のペパーミントが白根をのばす

やわらかな桑の若葉をうつ雨とコラボレーションする心拍数

巣ごもりの料理造りに奮発し購う関の包丁一本

娘からお嫁さんからもらいたる花柄マスク交互につける

入り口に消毒液とひまわりとならべおかれる学習塾に

新しい本三冊を購ってすっかり慣れた自粛生活

不織布のバリアをはってでかけたり人には言わぬがマスクはやすらぎ

コロナ語と言わねば怪し耳にする濃厚接触、まん延防止

買い物し食事会して旅行したなにごともなきふつうが遠い

中途半端な隔離と思うアクリル板一枚挟んだ椅子に座るは

囲むなら鉄板だろう透明なアクリル板の軟弱な意思

足型に並んでレジを待つ慣いコロナ副作用ここちよきかな

入り口の体温計が無反応生きているのか今日のわたしは

写真撮るときはマスクをはずそうよ今年初めての初の笑顔を

ひいらぎ

歳末に集う古民家レストラン安否確認しあえる会なり

病気した人怪我をした人もいて会えてよかった暮れの女子会

くりかえし沢田研二を聴いていた十七歳はヒイラギのとげとげ

答案の余白に書きし落書きは十七歳のかすかな反抗

青春の挫折とまではいわないがヤマハギターはインテリアなり

聴くたびに甘い歌詞とは思えども「花の首飾り」好きな曲なり

花の日はうつろいやすくたちまちにジュリーも我らも歳を重ねし

シャンパンの泡のはじけてきらめきてこのひとときを笑いあいたり

冬宮《エルミタージュ》

ニホニウムとう新元素の名前よし口にだすとき笑顔になりぬ

大陸を恋うるごとくに身をよじり日本列島海を抱きぬ

日本を招くがごとき形なり森と火山の半島カムチャツカ

ラジオから「赤いサラファン」ながれくる昔むかしの祖母に会いたい

薔薇色の頬もいつしか色褪せる誰もが時の囚人なれば

『イワンの馬鹿』歩いた土地をもらえると歩き疲れて死ぬ民話なり

可愛くてどこか怖ろしマトリョーシカ窓の向こうは戦場だった

オデッサの階段ころげ落ちてゆく「戦艦ポチョムキン」の乳母車

フォークソング野に咲く花はどこへゆく風にまぎれる声のきれぎれ

一生を地を這う寿命三か月蟻が見上げる蒼穹の雲

いっせいに咲きちりぢりに散ってゆくあの花びらはどこへいったの

ウクライナ小麦畑を吹きすぎる風に聞きたし何をみたのか

大輪のひまわり植える雨あがり平和な夏が来るか　なあ燕

クロイツェルソナタ九番欧州の空を飛び交う黒鳥の影

図書室の棚に並んで沈黙すレフ・トルストイ『戦争と平和』

『戦争と平和』を読みしは十七歳長編小説読むは体力

冬宮《エルミタージュ》の壁をうずめる油彩画よエカテリーナの呼気濃ゆからん

時雨からみぞれへ変わる冬の空ひと日籠りぬ我が冬宮《エルミタージュ》

春野の琴

水仙の香りの満ちる初春の割烹着の紐きりりとむすぶ

はりはりの水菜を洗う微熱もつ手紙の文字を水にしずめて

帰省せし娘一家のわすれもの布団の下の小さな靴下

なつかしい人が訪ねて来たような満月蝋梅ふわりと匂う

葉をすべて削ぎおとしたる欅の木寄ればびっしり冬芽つけおり

遠目にはなにもつけない裸木の欅の枝に春はふくらむ

寒空へ枝をさしだす冬桜ちいさき花を夕陽が染める

はなびらのかたちの紙を貼る障子一輪梅の花がひらきぬ

障子より淡くさしこむ陽をうけて琴は春野の桐へもどりぬ

さざんかを散らし過ぎ去る白猫が雪豹に見ゆ曇天の町

店先に埃をかぶる雛のそば昼寝する猫　ゆるゆる生きなよ

風かすかすずらん水仙ゆれるたびまどろむ猫の耳のうごきぬ

おもねらず自由に生きる屋敷猫餌はやらない追いはらわない

夜十時防犯灯をひからせて猫の夜警が町内巡視

旅先のいつかどこかで購いし大内塗の男雛と女雛

ちいさくてまあるい塗の内裏雛おさなごのごと目鼻愛らし

春を待つ部屋に飾りぬこけし雛子どものころに帰りてゆかな

れんこんと錦糸玉子のちらし寿司つくる時間も雛祭りなり

幣辛夷《しでこぶし》ふくらむつぼみ見上げおりポケットの手をゆっくりひらく

羽ひろげ川へ降りたつ白鷺は水面に咲ける木蓮の花

距離たもちせせらぎに浮く水鳥はそれぞれの場所に餌をついばむ

橋渉るせつな地球が回りだす眩暈するほど水が眩しい

せせらぎの音高鳴ればおもいだす雪解水のふるさとの川

雲梯のうえに広がるいわし雲しっぽを立てた猫が通りぬ

ひだまりを猫の姿に歳月がしのび足して横切ってゆく

ラ・カンパネラ

待ちわびしフジコ・ヘミングコンサート芸文ホール開演の鐘

付き添われ杖をつきつつステージをゆっくりすすむフジコ・ヘミング

振袖を羽織る衣裳の袖ゆらしピアノへそろり指をおろしぬ

足取りの不安少しも思わせぬ強く流麗なピアノ響けり

リスト曲ラ・カンパネラ高く速く細かくたたく鍵盤は鐘

アントワープ大聖堂のカリヨンを聴きし旅の日蘇りくる

沈みゆく夕日に映える冬さくら今年の漢字「戦」寒々し

薊《あざみ》

蒼空に菜の花畑いいえあれはひまわり畑ウクライナ国旗

ウクライナのひまわり畑大戦の戦場うめる万のひまわり

一斉に隊列を組む軍隊の兵士のごときひまわり怖し

ひまわりをみるたび脳に鳴り響くヘンリー・マンシーニの「ひまわり」

ウクライナの話題はいつかB29へ艦載機へとおよびていたり

急旋回岸を低空飛行して水面切り裂く燕の影が

直立のひまわり重くうなだれて真昼の深き黙祷つづく

大戦の話題きくたび胸底の夏野にひらく薊《あざみ》いちりん

手折らんとすれば鋭きとげ刺さるそのとげゆえに惹かれる薊

ほとんどが朧の話のひとところ薊のような真実混じる

老人の話はながくいくたびもとんでもどって柘榴がゆれる

大きな国と小さな国の国境に野薔薇が咲けり兵士が死んだ

モザイクのかかる画面に目をそらし羽衣ジャスミンに水をやる

日光へ修学旅行に行きし子よ視る猿聴く猿言う猿になれ

うら道に出会った猫がふりかえりすべて見てきたような眸《め》をする

マンドリン

月一度宗次《むねつぐ》ホールのコンサート暦に花まるつけて待ちおり

COCO壱の創業者なる宗次氏ホールの入り口笑顔に立ちぬ

総檜造りの白きチェンバロが祭壇のごとステージにあり

やわらかき風のブレスのきこえくるクラリネットの「鈴懸の径」

マンドリン膝に抱きし演奏者かがやく聖母子像の姿なり

ぎしぎし

喧《やかま》しいニュースに倦みて梔子《くちなし》の甘き花へといざなわれゆく

咲きさかる栗の花房ふりしきる雨をふくんで梢ふくらむ

雨の日の紫陽花の咲くひとところ異次元世界の入り口めきぬ

紫陽花を切る花ばさみの音涼し形見の品のわが手になじむ

小さき傘ふりまわしつつ幼子は雨蛙なり飛んでは跳ねる

水中に棲むここちなり長椅子に深く座りて皮膚呼吸せり

逢いにゆく人のおらねど傘さして町へ行きたし絹糸の雨

雨あがり草のにおいのたちこめて枇杷のまろき実熟してゆけり

ぎしぎしの土に根をはる草力大地しっかりつかまえており

ひざまずき祈る姿に手折りけり純白のどくだみの十字花

どくだみの花を飾れば草蜘蛛が畳のうえをつつつと走る

どくだみの匂いが連れてくる記憶墨絵の中に祖母の家あり

朝夕の職務となして草をひくオヒシバメヒシバスベリヒユひく

草刈りをおえたる朝の公園に転がるボールと小さなサンダル

あさぼらけひときわ大き蓮の花銀のしずくを弾きてひらく

水明かりまぶしき沼の蓮の葉は玉の朝露とどめて高し

蓮の葉の蔭に群れいる緋めだかが上目づかいに人を見ており

水の面の睡蓮の葉をゆらす風ほどの迷いを水に放てり

モナリザの微笑のような夕暮れがせまる濯ぎものをとりこまないと

芳香剤入り洗剤が消し去りぬ洗濯物の日向の匂い

夫の干しくれし洗濯物たたむしわくちゃなるを膝にのばして

雨月

雨季の雨まっすぐ四葩《よひら》へ降りかかり毬《まり》は色濃く太りていたり

半夏生しろき面《おもて》の葉をぬらし雨はときおり激しさをます

昼暗き雨の峠を越えてゆく青山高原リゾートホテルへ

なつかしきバブル時代の名残ありリゾートホテル花の絨毯

お泊りはお客様のみですと料理番うやうやしくも皿運びくる

ラヴェンダーのむらさきつづくハーヴ園はたらきものの蜜蜂がとぶ

ものがたり六条御息所に至りざんざんばらり紫陽花へ雨

眠られぬ雨月の夜を読みあかす昔男の歌物語

降りやまぬ雨こそよけれ読みさしの東野圭吾の頁をひらく

大輪の百合の雄蕊を切断す生け花の技なるを途惑う

白雨でも驟雨でもなき記録的短時間豪雨は歌になりえず

夜の雨もぞもぞ生える幽霊茸トトロの傘は里芋の葉っぱ

デカン高原

いっぽんの鴉の羽が落ちているそこから先は未踏なる道

ひた走るでこぼこの道綿の花白く咲きいるデカン高原

渋滞の道を横切る牛あれば車は牛を優先させる

のんびりと道に寝ころぶ牛や犬追い立てるものひとりもいない

信号に止まる車に近づいて水売る人も物乞うものも

赤土のデカン高原アジャンターの石窟壁画の赤鮮やかに

アジャンター石窟寺院の釈迦像に手を触れるとき眼を瞑りおり

宗教上ベジタリアンのラビさんのカレーは別メニューの野菜カレー

氷河期

起きがけに一杯の白湯飲みほして凍える冬の朝をはじめる

きさらぎの朝の空気をふるわせてサラダに塩ふる窓は粉雪

水仙の香り漂うそれのみに寒の朝《あした》の空気ほぐれる

自販機の扉おおきくひらかれて真冬の空気を吸いこんでいる

交差点はひふふほほと雪が降り凍える蝶々が生まれてきえる

てのひらの平野にふってくる雪がこころの弦をぼろんと鳴らす

冷たくてまぶしくって痛くって輪舞《ロンド》のような雪ふりつづく

一粒の黒糖飴が寒き道あるくこころをあたためてくれる

雪は消え灰色の町へもどりたり昨夜の夢を覚えていない

二時間半ならんで買いし豚まんを五分たらずに食べおわりたり

あいみょんの歌を夜更けに聴いている遠くの町に雪降りつもる

加湿器に水満たすときおもいだす湿った雪のふるさとの家

語尾あがる話しことばのやわらかき越前鉄道雪の野をゆく

電車内スマホをしまい本を読む希少生物の青年ひとり

寒き夜の土鍋に煮える湯豆腐の雪の白さをそろりとすくう

うす暗き冬の食卓あかあかと洋燈《らんぷ》のごとくみかん置かれる

半世紀恋がれしラスコー洞窟画大きな黒牛が眼の前にいる

氷河期の吹雪に閉じ込められた日は石の燭台に獣脂を灯す

洞窟に絵を描く時間たっぷりとあっただろうクロマニョン人の冬

二万年過ぎたる時間をおもわせぬ鮮やかなりしラスコー壁画

たくさんの小貝を糸につなぎたる遺骨は白き帽子をかぶる

クロマニョン絶滅の理由わからねど生きていた日々壁画に残る

テレビ塔空に建ちつつ錆びてゆく　かくして人類がいなくなる

いつの日か他の文明が詮索すホモサピエンス絶滅理由

あとがき

『椿雨』は、私の第三歌集です。二〇一六年から二〇二三年までの作品、三八九首を収めました。文字数に換算すると、一万字余りになります。一文字一文字、一首一首と書き溜めてきました。歌を選ぶこと、構成を考えること、タイトルをつけること、歌集を編むのは大変な作業ですが、出来上がった時の喜びはひとしおです。

二〇一六年から二〇二三年の八年間、いろいろな出来事がありました。新しい家族が増えました。パンデミックで、これまで経験のない、ウイルス感染を怖れる日々も過ごしました。その時期にできた歌がありました。それは記憶として、記録としてこの歌集に収録しました。私にとって短歌を詠むことは、日記を書くように、日々の暮らしを見つめ、自分を見つめることです。歌集名の椿雨は、「あたたかき椿雨ふるこんな日は他人を許し自分も赦す」から付けました。

表紙は、星野絢香様に依頼しました。学業の忙しい中、歌集にふさわしい素敵な作品を制作していただきました。ありがとうございます。

所属結社「中部短歌」の大塚寅彦代表、選者の皆様、歌友の皆様に感謝申し上げます。

出版に際しまして、樹林舎、人間社、米山拓矢様には、大変お世話になりました。深く、御礼申し上げます。

二〇二四年三月吉日　　長谷川径子

著者略歴

長谷川径子（はせがわ みちこ）

2010年　第一歌集『万愚祭《ばんぐさい》』出版

2015年　中部短歌短歌賞受賞

2016年　第二歌集『固い麺麭《パン》』出版

中部短歌同人　中部日本歌人会会員　現代歌人協会会員

中部短歌叢書第314篇

歌集　椿雨《つばきあめ》

2024年4月30日　初版1刷発行

著　者　長谷川径子

発　行　樹林舎
〒468-0052　名古屋市天白区井口1-1504-102
TEL:052-801-3144　FAX:052-801-3148
http://www.jurinsha.com/

発　売　株式会社人間社
〒464-0850　名古屋市千種区今池1-6-13　今池スタービル2F
TEL:052-731-2121　FAX:052-731-2122
e-mail:mhh02073@nifty.com

印刷製本　モリモト印刷株式会社

ISBN 978-4-911052-06-8　C0092
＊定価はカバーに表示してあります。
＊乱丁・落丁本はお取り替えいたします。